Story: Hajime Inoryu

A Suffocatingly Lonely Death

Manga: Shota Ito

Band

1. Kapitel

2006...

Woow
...

Hallo zusammen!

Ich bin gerade erst eingetroffen.

Elite-Kriminalbeamter vom Polizeirevier Süd...

... Jin Saeki, freut mich.

Keine Sorge. Ich bin viel umgänglicher, als Sie glauben.

...

Hahaha...

Hier entlang, bitte.

Ah! Sie dachten gerade: »Oh Mann, was für eine abgehobene Nervensäge!«, stimmt's?

Sehr gut beobachtet, Ugaki!

Ich bin Ugaki von der Polizeiwache am Bahnhof Kawabuchiko.

Danke fürs Kommen.

Ja. Wir wurden von Nachbarn alarmiert und sind sofort hergekom-men.

Aber als wir eintrafen, war alles schon so wie jetzt.

Ein Ein-bruch, sagen Sie?

Oh Mann, wer hat denn hier gewütet?

Und wo ist der Hausbesitzer?

Wir können ihn nicht erreichen.

Wahrscheinlich kam der Einbrecher, als der Hausbesitzer nicht da war.

Es gibt keine Anzeichen für einen Kampf oder Gewalt.

... und hat das Anwesen vor etwa zwanzig Jahren gekauft. Anscheinend hat er allein hier gewohnt.

Er ist Mitte vierzig ...

Sein Name ist Juzo Haikawa.

Selbst die Nachbarn haben ihn seit Jahren nicht gesehen.

Wie man hört, ist er nicht der Typ, der Kontakt zu anderen sucht...

Tja, damals hat die Wirtschaft noch geboomt.

Haaah... jünger als ich konnte er sich schon so eine Prachtvilla leisten!

Wir dachten, vielleicht wird er ja vermisst, und haben nachge-schaut.

Seit Jahren?

Ja.

Aber es wurde keine Vermissten-anzeige auf-gegeben.

...

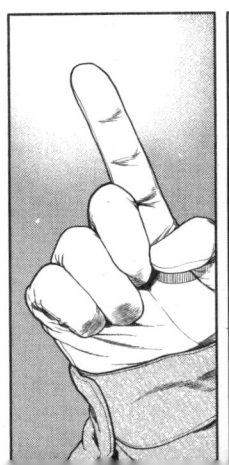

Also ...

... für ein Haus, das seit Jahren leer stehen soll...

... ist es ziemlich gut gepflegt, finden Sie nicht?

Und Strom gibt es auch.

Na ja, solange wir ihn nicht erreichen...

... kommen wir an der Stelle wohl nicht weiter.

Vielleicht kommt er in unregelmäßigen Abständen hierher.

Stimmt.

Rufen Sie in der Zwischenzeit das Revier an und bitten Sie um einen Identitätscheck von Juzo Haikawa.

Roger.

Hm?

Dieses Gemälde ...

* Ursprüngliches Wandgemälde von Goya, entstand zwischen 1819 und 1823

Wachtmeister Suzuki.

Ah... Ich habe mich noch nicht vorgestellt.

Das ist »Saturn verschlingt seinen Sohn«*.

Ich bin ein zwanzigjähriger Rookie.

Wie alt sind Sie, Wachtmeister?

Was für ein Milchgesicht!

Aber »Saturn verschlingt seinen Sohn« ist ziemlich berühmt.

Überhaupt nicht.

Kennen Sie sich aus mit Malerei?

...

Sonst hätte der Dieb es gestohlen, wenn es so berühmt ist.

!!

Aber natürlich!

Hä?

Also ist das Bild da eine Fälschung.

Nicht doch!

Das war wirklich enorm lehrreich!

Das sind doch Basics! Absolute Basics!

Sie sind so ein Charmeur, Suzuki!

Kleiner Schmeichler.

Wooow ...

Hervorragend deduziert, Kommissar Saeki!

Und wenn es echt wäre, würde es auch nicht hier, sondern in einem Museum hängen, nicht wahr?

... sind Kunstblumen.

Das...

!

Und das da auch.

Meine Güte, sind die Blumen in diesem Haus etwa alle...

... unecht?

Wenn man ein Gemälde mag, hängt man auch eine Fälschung auf.

Und in so einer riesigen Villa wäre die Versorgung echter Blumen ganz schön aufwändig, denken Sie nicht?

...

Ein gefälschtes Gemälde und künstliche Blumen.

Ein Haus dekoriert mit künstlichen Imitaten.

Irgendwie unheimlich.

Ein Kinderzimmer?

Noch eins...

Juzo...

Wurden die von einem Kind gemalt?

* Juzo

Es hieß doch, Juzo Haikawa würde allein hier leben, und nun hat er plötzlich ein Kind?

Was hat das zu bedeuten?

Ach was, nicht nur eins...

...sondern mehrere...

Kommissar Saeki!

Würden Sie sich das hier einmal ansehen?!

Das ist der Eingang zu einem Keller, oder?

Bin schon unterwegs!

Einen Schlosser holen, der ihn öffnet.

Was sollen wir tun?

Gut möglich.

Wieso ist er derart verrammelt?

Juzo Haikawa steht also auf Filme, hm?

DVDs ...

Hmmm...

...

... finde ich bei Weitem nicht so interessant wie diesen Juzo Haikawa.

Diesen Einbruchsfall...

Pech-
schwarzes
Cover...

... und
kein
Titel...

Was
ist
das?

Also ein
Porno...

Na
dann,
Film
ab!

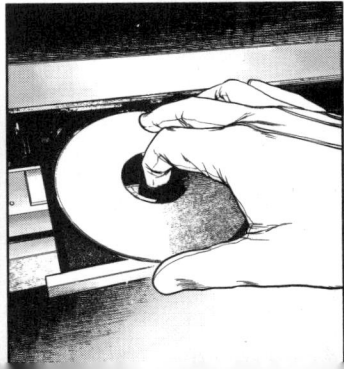

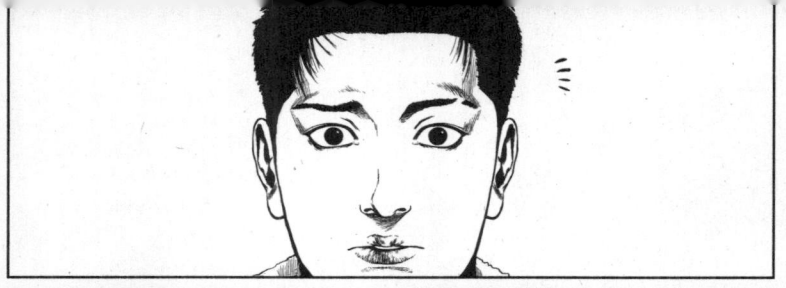

Herr
Kawai!

Saeki!

Herr
Gomi!

Das
ist das
Video...

Jedenfalls
sollten Sie
sich das
ansehen...

Wo ist
sie nur hin,
die Souveränität
des selbst er-
nannten Elite-
beamten?

Was ist
denn mit
dir pas-
siert?

Alles
okay?

Hehehe...

... ZEIGTE AUFNAHMEN AUS DEM KELLER DES ANWESENS.

DAS VIDEO...

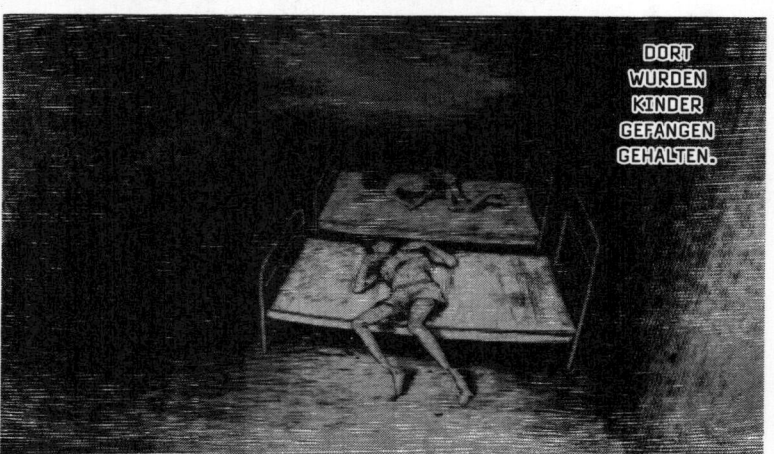

DORT WURDEN KINDER GEFANGEN GEHALTEN.

UND DER SCHWARZE KLUMPEN IN DER ECKE DES RAUMES...

... ENTPUPPTE SICH BEI GENAUEREM HINSEHEN...

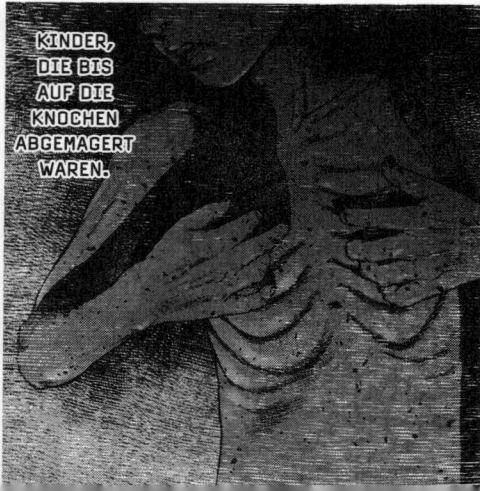

KINDER, DIE BIS AUF DIE KNOCHEN ABGEMAGERT WAREN.

... ALS EIN HAU-FEN VON KINDER-LEICHEN.

... ALSO HAT MAN SIE WAHR-SCHEINLICH OHNE ESSEN UND TRINKEN...

SÄMTLICHE LEICHEN BE-STANDEN NUR NOCH AUS HAUT UND KNOCHEN...

... DORT EINGESPERRT UND DEM HUNGERTOD ÜBERLASSEN.

... UND VERSUCHTEN, SICH AN DEM BISSCHEN LEBEN FESTZUKLAMMERN, DAS IHNEN NOCH BLIEB, INDEM SIE...

MAN SAH, WIE DIE ÜBERLEBEN-DEN KINDER UN-WILLKÜRLICH...

... DIE HAND NACH DEN LEICHEN AUSSTRECKTEN...

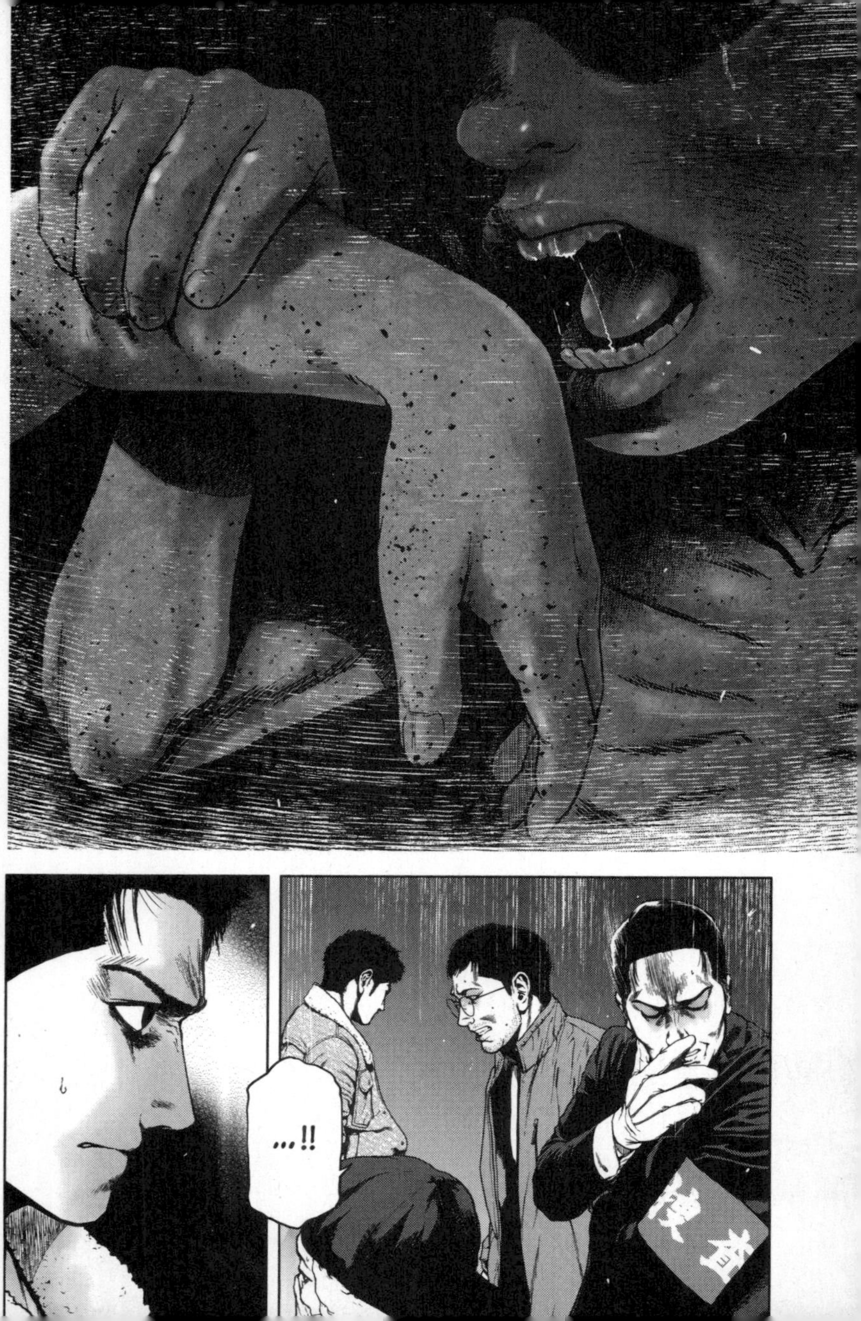

…‼

MAN FAND DIE LEICHEN VON DREIZEHN KINDERN, DIE IN DEM KELLERRAUM AUF ELENDE ART UND WEISE GESTORBEN WAREN.

NOCH AM SELBEN TAG SCHRIEB DIE POLIZEI DER PRÄFEKTUR Y WEGEN DES VERDACHTS AUF »SCHWERE FREIHEITSBERAUBUNG« UND DAS »ZURÜCKLASSEN VON LEICHEN«*...

* Leichen zurückzulassen, ohne sie zu bestatten, ist in Japan eine Straftat.

... JUZO HAIKAWA ZUR LANDESWEITEN FAHNDUNG AUS.

Haaah
...

BOFF

Endlich zu Hau-se...

Puuuh, war das ein grauenvoller Anblick...

... meine Vergangenheit wieder hoch.

Da kommt mir gleich...

Am besten ...

... geh ich erst mal duschen...

PSHAAA

... ERKENNEN KONNTE, IN WELCHER LAUNE ER WAR.

MEIN VATER WAR JE-MAND...

... BEI DEM MAN AN DER ART, WIE ER DIE TÜR ÖFFNETE, WIE LAUT ER AUFTRAT UND WIE TIEF SEINE STIMME WAR...

ES GAB NUR DIESE DREI STUFEN.

... ODER UNTER-IRDISCH.

... TOTAL SCHLECHT...

... SCHLECHT...

SIE WAR ENTWEDER...

Sosuke ...

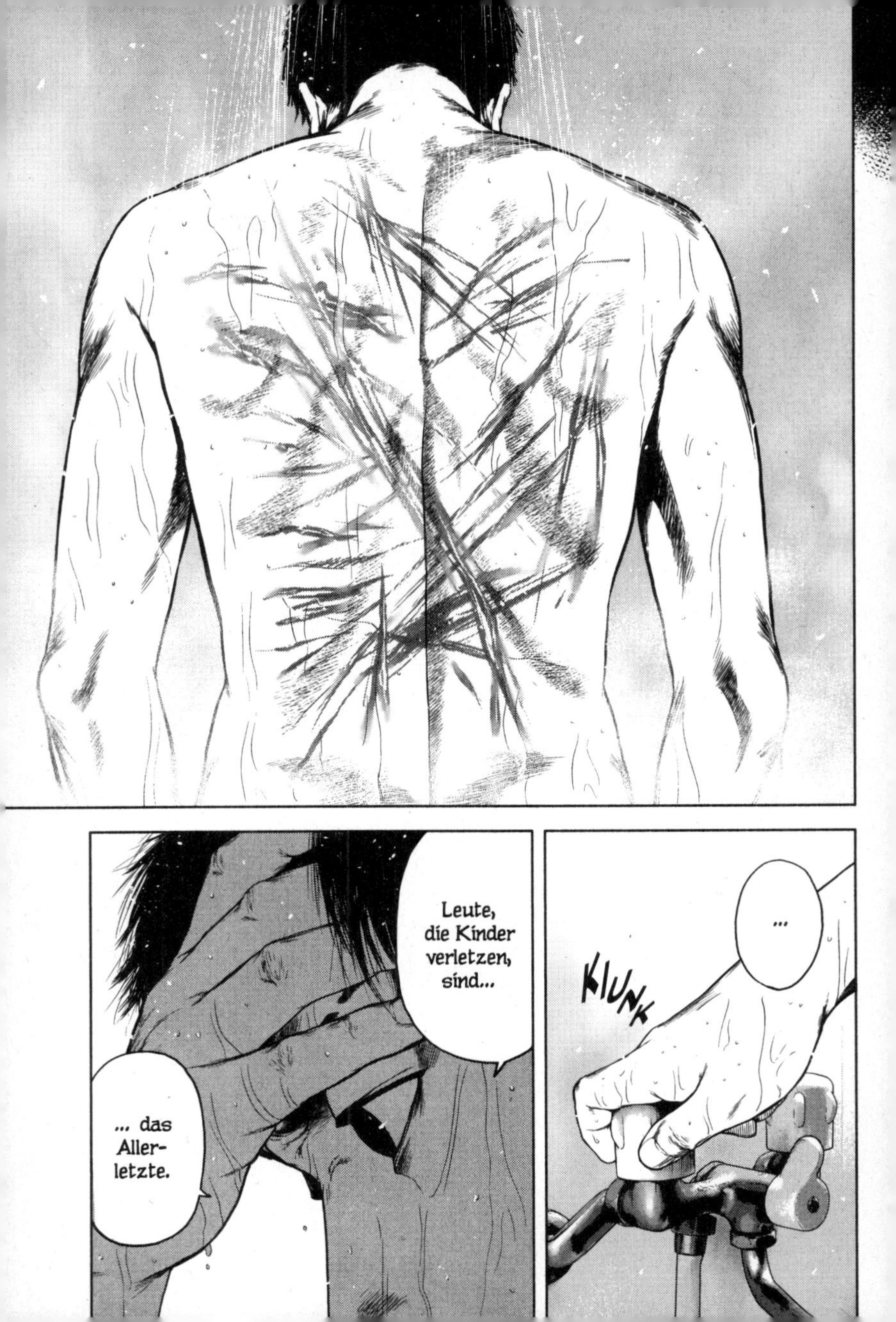

Leute,
die Kinder
verletzen,
sind...

... das
Aller-
letzte.

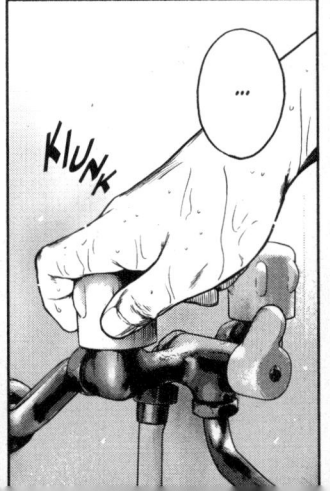

...

KLUNK

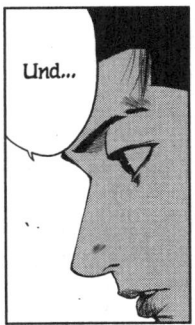

Und...

... noch liegen uns Geburts- oder Anerkennungs- urkunden für irgendwelche Kinder vor.

Juzo Haikawa ist...

... nach allem, was wir bisher herausgefun- den haben, weder ver- heiratet...

Schlagzeile: 13 nicht identifizierte Kinderleichen aus Villa geborgen

屋敷から身元不明の子ども13人の遺体

... wer sind dann die ermordeten Kinder?

Echt... In letzter Zeit gibt es ständig Fälle, in denen Kinder involviert sind...

... bei dem habe ich das Gefühl, je mehr man herumstochert...

... desto mehr Scheiße kommt zutage.

Nun ja, es wäre möglich, dass Haikawa beim Familienregister falsche Angaben gemacht hat, aber...

Neulich gab es doch diesen Einbruch bei einer Problemfamilie...

... wo der Einbrecher den prügelnden Vater halb tot geschlagen hat.

Da konnten wir den Täter auch noch nicht fassen.

Die Bilder aus diesem Keller...

... werde ich jedenfalls nicht so schnell wieder los, so tief sind die eingebrannt.

Das geht ja noch, verglichen mit dem jetzigen Fall.

Präfektur von Y, Polizeirevier Tomijiyama Süd

Gehen wir eine rauchen?

Ähm...

Im Moment lieber nicht.

sorry.

Ah... ja.

Hä?

Sind Sie von der Polizei?

SMILE

* höher gelegener und meist hügeliger Stadtteil mit oft wohlhabender Bevölkerung

Mein Name ist **Kanon Hasumi**.

Die Nachrichten?

Ich bin hier, weil ich die Nachrichten gesehen habe...

Juzo Haikawa, der in dieser Villa wohnte...

Über den Fund der Kinderleichen in dieser Villa in Yamanote*.

Bitte sehr, Ihr Tee.

Vielen Dank.

Also dann.

Danke, dass Sie extra hergekommen sind.

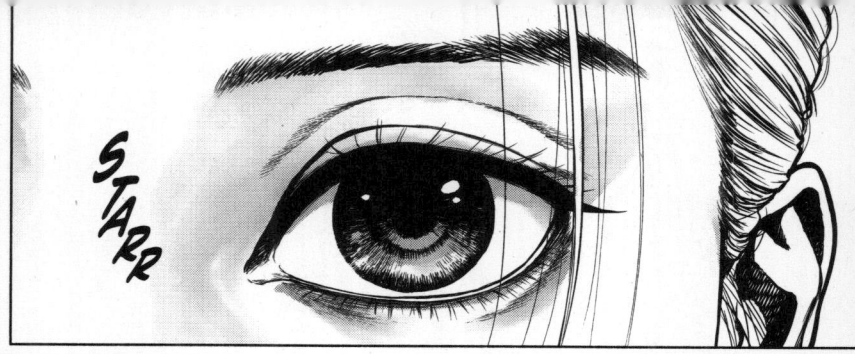

STARR

... irgend-
etwas in
meinem
Gesicht?

Habe
ich...

Habe ich
irgendetwas
im Gesicht,
oder so?

...

Hä?

Hä?

Wirk-
lich
nicht?

Nein,
ganz
und gar
nicht.

Ist es
Ihnen unan-
genehm, mir
gegenüber
zu sitzen?

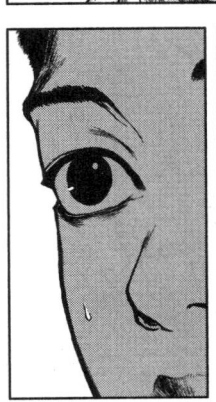

... wirken
Sie, als fühl-
ten Sie sich
unwohl.

Auf
mich
...

Über Ihr
Verhältnis
zu Juzo
Haikawa...

Wer ist...
dieses
Mädchen?
Die macht
mich ganz
kirre...

Also...

Könnten Sie
das, was Sie
vorhin sagten,
etwas genauer
ausführen?

Ich wurde auch nicht von ihm adoptiert. Es tut mir leid, dass ich es nicht...

Ich...

... sagte zwar »Vater«, aber eigentlich sind wir gar nicht verwandt...

...

Was... meinen Sie denn damit, dass Sie ihn Vater nennen?

... besser ausdrücken kann.

Kein Problem. Lassen Sie sich ruhig Zeit...

... und erklären Sie es mir.

Hmmm...

Unser Verhältnis...

... lässt sich nur schwer in wenige Worte fassen...

Konnten Sie die getöteten Kinder identifizieren?

Ähm... Entschuldigung...

Ver stehe ...

...

Wir sind noch dabei...

Ich habe ihn mehrere Jahre nicht mehr gesehen.

Aber...

Um es gleich vorweg zu sagen...

Wo Juzo Haikawa jetzt ist und was er tut, weiß ich nicht.

... bis vor vier Jahren habe ich auch in dieser Villa gelebt.

Und ich dachte, wenn ich Ihnen erzähle, was ich darüber weiß...

... hilft Ihnen das vielleicht, die Kinder zu identifizieren.

?!

NICK

Ja, das wäre wirklich wünschenswert.

...

... erzähle ich Ihnen der Reihe nach, was passiert ist, seit ich Juzo Haikawa begegnet bin...

Am besten ...

Ich weiß gar nicht, wo ich anfangen soll...

Das war vor zwölf Jahren...

Was?

Ich war damals in einer Situation, in der ich...

... quasi nie etwas zu essen hatte...

... und nicht einmal wusste, wie ich den Tag überleben sollte.

Ich war das ...

... was man ein vernachlässigtes Kind nennt.

Aber sie war die meiste Zeit nicht zu Hause...

... und ließ mir nicht genug Geld zum Leben da.

Meine Mutter zog mich allein auf.

?!

1994...

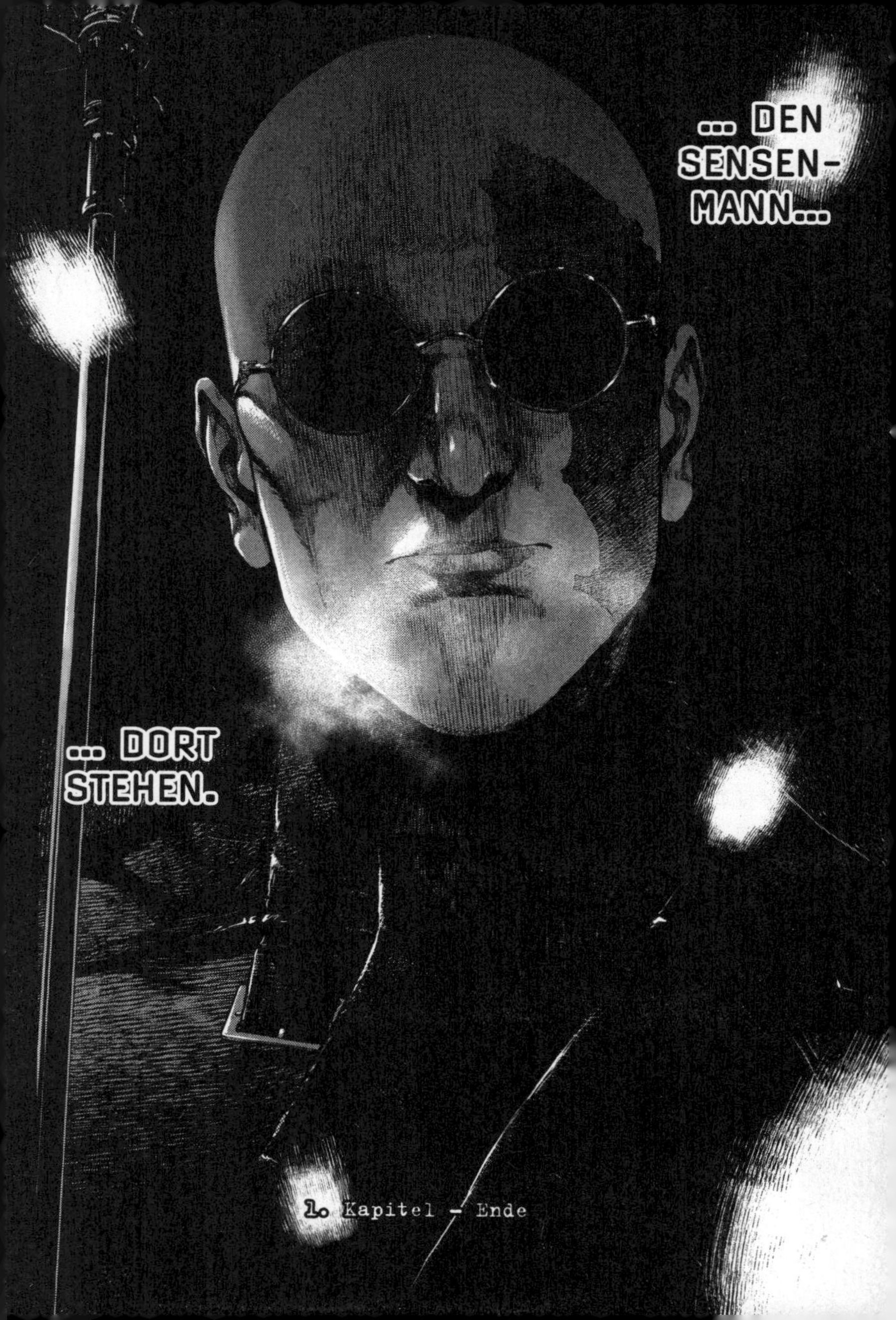
... DEN SENSEN-MANN...
... DORT STEHEN.
1. Kapitel - Ende

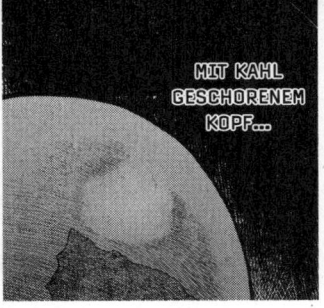

MIT KAHL GESCHORENEM KOPF...

... KOMPLETT IN SCHWARZ GEKLEIDET...

... UND MIT EINER GROSSEN NARBE, DIE FAST DIE HÄLFTE SEINES GESICHTS BEDECKTE.

2. Kapitel

Mein erster Eindruck...

... von Juzo Haikawa...

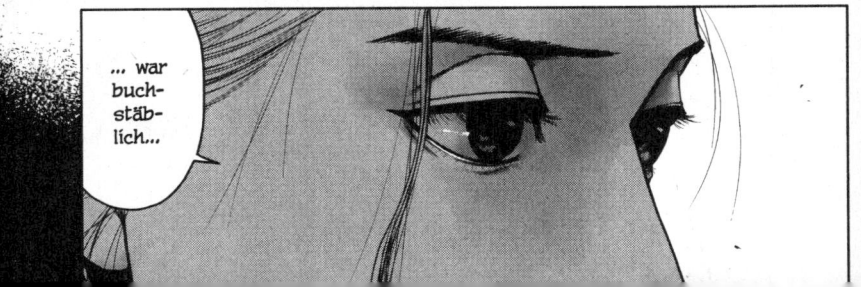

... war buchstäblich...

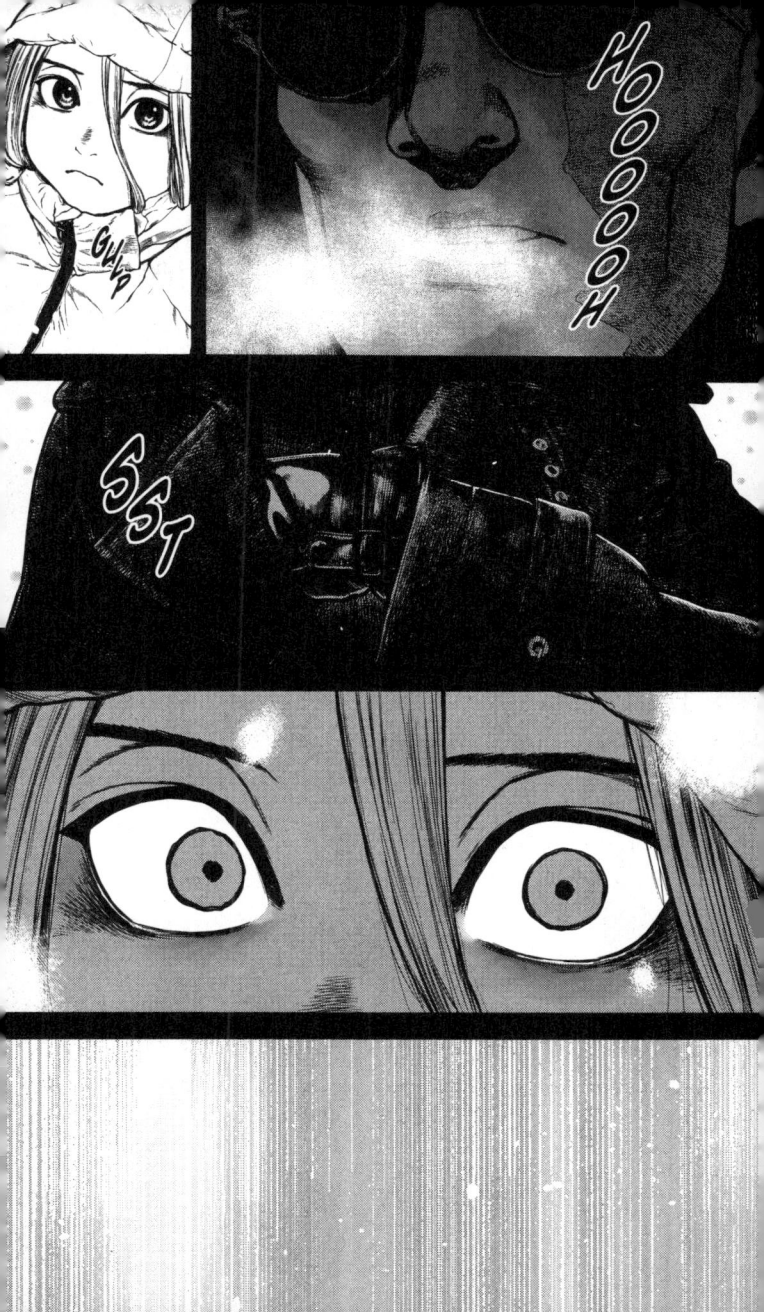

PLUFF

EINIGE TAGE
SPÄTER...

GRRRMMM

Anpan, mit süßem Bohnenmus gefülltes Brötchen

BUFF

Sieh genau zu, was ich jetzt mache!

... SAGTE DER SENSENMANN...

...UND STAHL WAREN AUS DEM SUPERMARKT.

Hast du gesehen, wie es geht?

Dann probier es jetzt selbst!

... fürs erste Mal war es gar nicht so übel.

Aber ...

Wie ungeschickt!

DANACH ZEIGTE DER SENSENMANN MIR TRICKS, WIE MAN STIEHLT.

Ich werde dir ein paar Kniffe beibringen.

Flagge?

?

Beim Stehlen musst du eigentlich nur auf eines achten...

»Schwenke nie die Flagge.«

Das ist, als würdest du eine Flagge schwenken und dich als Dieb zu erkennen geben.

Schlechte Ladendiebe sehen sich im Moment des Diebstahls wachsam nach rechts und links um.

So wie du vorhin.

パート・アルバイト
募集中
時給700円〜
スーパー杉内

Noch besser sind Läden, die wenig Lohn zahlen.

... lieber kleine Shops mit laxen Sicherheitsvorkehrungen vor.

Nimm dir anstelle von großen Geschäften...

SUPERMARKT

Denn je niedriger die Löhne, desto niedriger die Arbeitsmoral der Angestellten.

Arbeitsmoral?

?

?

?

UND ALS DER WINTER SICH SCHLIESSLICH NEIGTE...

... gibt es Zeiten, in denen das Stehlen einfacher ist...

Außerdem...

Das heißt, sie faulenzen viel.

Danach baute ich meine Fähigkeiten als Ladendiebin weiter aus...

... und ging dazu über, die Supermärkte in der Umgebung auszurauben.

... Eindruck verschwunden und ich hatte mich mit dem Sensenmann angefreundet.

Und ehe ich mich's versah, war mein anfänglich schlechter ...

...

»Morgen verhungerst du vielleicht.«

Natürlich ist Ladendiebstahl ein Verbrechen.

Aber damals dachte ich jeden Tag...

Und Stehlen bedeutete für mich, ohne diese Sorge zu leben.

Das hat mir mehr geholfen als alles andere.

Und auch wenn ich nur lernte, wie man stiehlt...

... und zum ersten Mal die Erfahrung machte, etwas zu lernen.

Dazu kam, dass ich nie richtig zur Schule gegangen war...

ES MACHTE
MICH
GLÜCKLICH.

KREEK

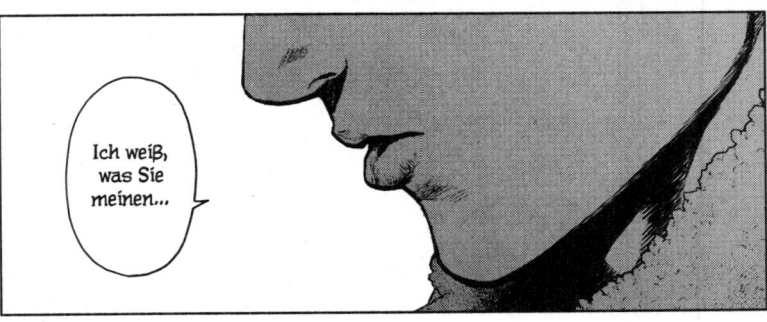

Ich weiß, was Sie meinen...

Darunter Dinge, die ich hier gar nicht erzählen kann...

Das ist off the record, okay?

Ähm...

Ehrlich gesagt...

... hab ich früher auch ziemlich viel Mist gebaut.

... Herr Masui hielt als Einziger immer zu mir...

Denn egal was ich angestellt hatte...

In der Oberschule hatte ich einen Klassenlehrer, Herrn Masui, dem ich sehr viel verdanke.

Ich stehe so tief in seiner Schuld, dass ich bis heute nicht weiß, wie ich das je wiedergutmachen soll.

Hä?

Das ist doch ganz offensichtlich gelogen.

Dieser Saeki ist also ein Ex-Delinquent...

Wusste ich gar nicht.

»Tuning« ist eine Technik, mit der man jemanden dazu bringt, seine wahren Motive zu offenbaren.

Das gehört zu den Grundlagen eines Verhörs!

Er wird besser! Selbst mich hat er getäuscht.

Oho...

Auf die Weise hat Juzo Haikawa die Kinder hinters Licht geführt...

... gekidnappt, eingesperrt...

... und getötet!!

Würde ich sagen.

Aber so langsam erkenne ich die Vorgehensweise dieses perversen pädophilen Mistkerls.

... noch viele andere Dinge beigebracht.

Juzo Haikawa hat mir ...

... und sogar, wie man Leute beschattet.

... wie man das Revier einer Katze findet...

Aber auch, wie man kämpft...

... und Tiere zerlegt.

Zum Beispiel, wie man jagt...

... aber für mich waren sie überlebensnotwendig.

Diese Dinge lernt man nicht in der Schule...

Was redet die denn da plötzlich?

Häää?!

... ist nicht der Täter.

Juzo Haikawa ist schuldig!

Wer soll es denn sonst getan haben?!

Halt die Klappe, Gomi.

... und ihnen beizubringen, wie sie überleben.

Vater...

... hat nur versucht, benachteiligten Kindern wie mir zu helfen...

... und würde niemals Hand an uns legen!

Er kümmerte sich um uns wie um seine eigenen Kinder...

... tatsächlich noch andere Kinder...

... außer Ihnen...

Also lebten in dieser Villa...

...

Kinder...?

... hat Vater dort...

Ja.

... neunzehn Kinder aufgezogen.

Einschließlich mir...

Und wenn es keinen Kontakt zu den Nachbarn gab, ist dieses Anwesen wie eine Insel auf dem Festland.

Die Gegend ist ein dünn besiedelter Ferienort.

Eine geradezu verhängnisvolle Lage.

Neunzehn ...?!

Aber es gibt nicht eine Zeugenaussage, die das bestätigen würde...

Also ...

...kann es sein, dass unter den dreizehn getöteten Kindern...

... auch welche sind, die Sie kennen?

Ja, kann sein.

Und...

... es
könnte
auch
sein...

...

... DASS DER
TÄTER, DER SIE
ERMORDET HAT...

Fhfh-
fh...

Hihi-
hi...

!

Kichi-
hihi...

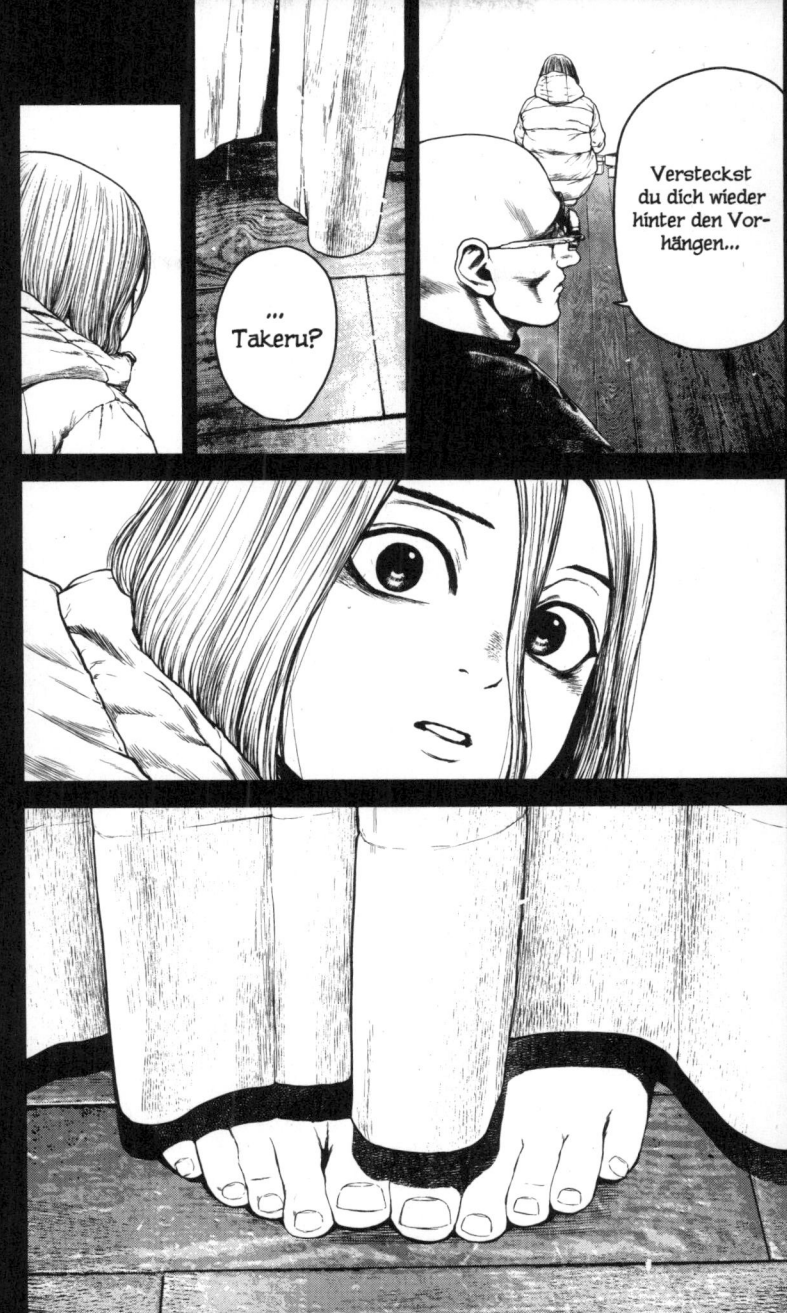

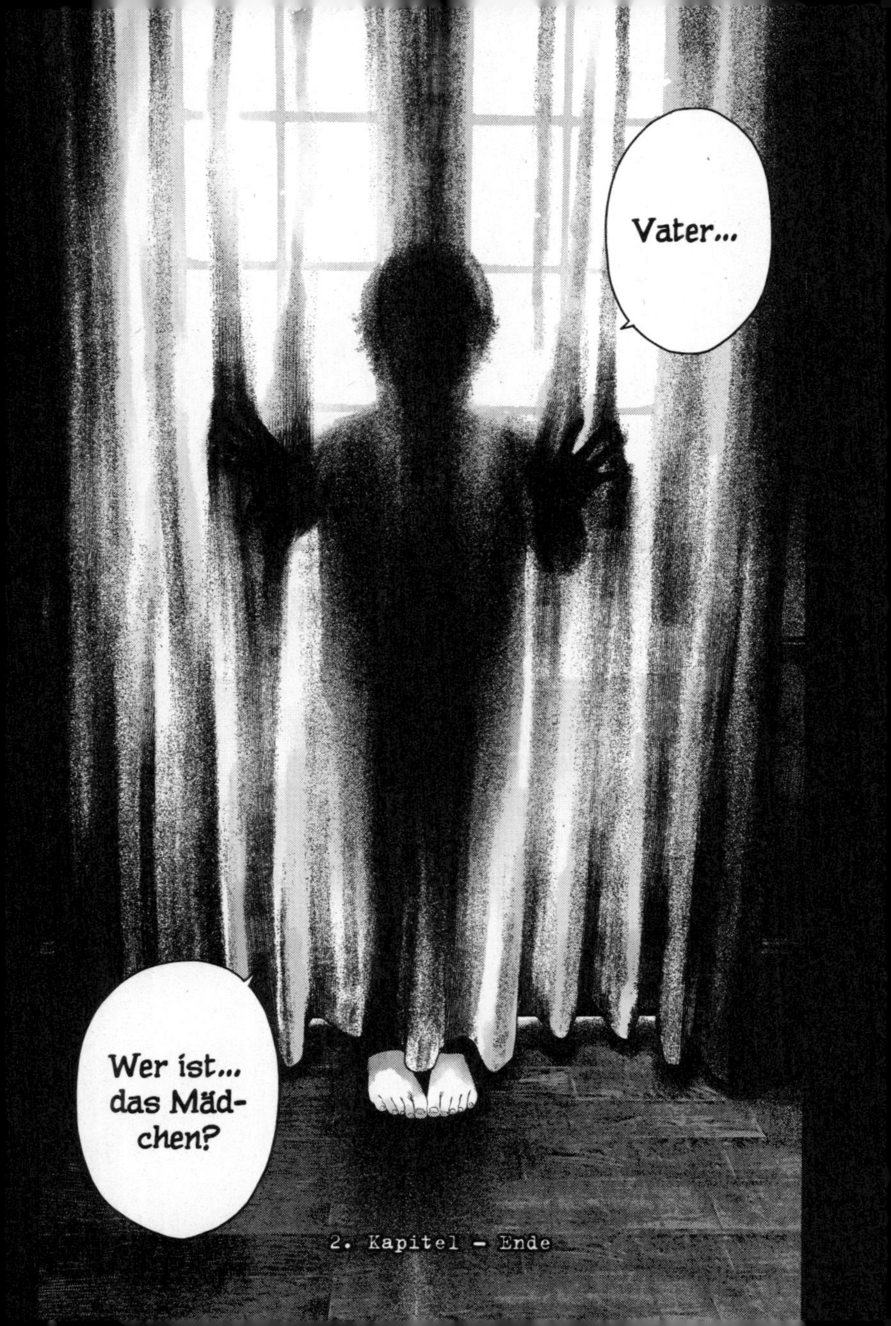
Vater...
Wer ist... das Mädchen?
2. Kapitel - Ende

Du wolltest doch immer eine kleine Schwester.

Ist das nicht toll, Maya?

Das ist Kanon.

Sie gehört ab heute zur Familie.

Also vertragt euch gut.

Auf gute Freundschaft...

...Kanon!

WUSCH

DENN PLÖTZLICH GEHÖRTE »MEIN JUZO« MIR NICHT MEHR ALLEIN.

Yay, super Idee! Heute gewinne ich, wetten?!

Lass uns Poker spielen!

Komm, Juzo!

ICH MUSS ZUGEBEN, DASS ICH DAS ALLES MIT GEMISCHTEN GEFÜHLEN SAH.

DARUM WAR ICH SCHOCKIERT ÜBER DIE EXISTENZ DER ANDEREN UND AUCH EIN WENIG EIFERSÜCHTIG.

INSGEHEIM HATTE ICH IMMER GEDACHT, JUZO WÄRE NUR MEIN VATER.

BÄÄÄH

ANDERERSEITS...

Guten Morgen
...
... Kanon.

Morgeeen
...
Hast du gut geschlafen?

... DAS BRUTZELN VON GEGRILL-TEM FISCH...

... WAR DA AUCH DER DUFT VON MISOSUPPE AM MORGEN...

... DAS LACHEN AM GROSSEN ESSTISCH.

... BIS SPÄT ABENDS KARTEN UND BRETTSPIELE.

UND NACH DEM ESSEN SPIELTEN ALLE ZUSAMMEN...

Spielst du mit?

Ka-non!

Nee-
eeeein!

Hast du
schlecht
geträumt?

Was
ist denn
los...

...
Maya?

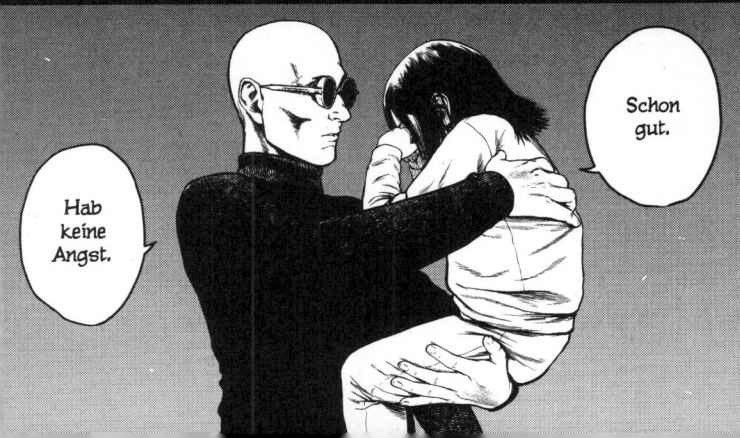

Schon
gut.

Hab
keine
Angst.

VOR ALLEM
WAR ICH NICHT
MEHR ALLEIN.

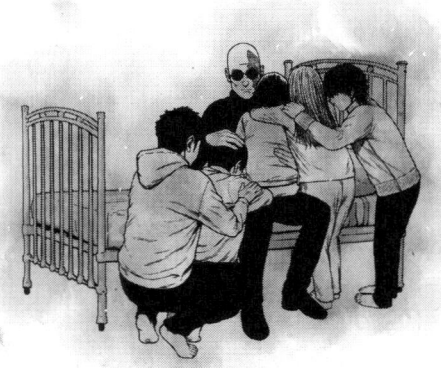

Die Kinder, die Vater aufzog, waren...

... privilegiert, wie ich.

Damit meine ich, wir waren alle...

... auf die eine oder andere Art missbraucht oder vernachlässigt worden.

Und wir hatten alle tiefe Wunden.

...

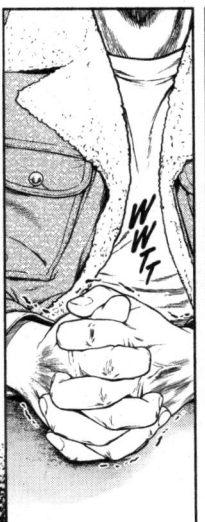

... auch Zwischenfälle wie diesen.

Vielleicht gab es deshalb...

Die Käfig-türen stehen auf...

Sind die Hamster ausgeris-sen?

KREEK

Gestern Abend war es ziemlich windig.

Wahrschein-lich sind die Käfige umgefallen, und sie sind geflüchtet.

Der Wind hat sicher auch die Fenster aufge-drückt.

Der Wind?

...

Warum sind dann nicht noch andere Dinge im Zimmer umgefallen?

PADAM

... haben wir nie herausgefunden, wer die Hamster in die Rohre gestopft hatte.

Letztendlich...

... dass jemand von den Kindern sich mit all dem einen bösen Scherz erlaubt hat.

... könnte ich mir vorstellen...

Aber es gab danach ähnliche Zwischenfälle, und rückblickend...

... der jetzige Täter...

Sie meinen ...

...

Einen bösen Scherz?

... war auch eines der Kinder?

Ich weiß es nicht.

!!

Hier, dieses Foto...

... wurde vor vier Jahren aufgenommen.

... all die Kinder im Haus wurden so oder so verletzt, darum...

Aber...

Es zeigt Vater...

... mit seinen neunzehn Kindern.

Da unsere Familie vor vier Jahren auseinander-gerissen wurde...

... weiß ich zwar nicht, wo die anderen jetzt sind und was sie machen, aber...

Aus-einander-gerissen?

... vor vier Jahren begann Vater...

Ich weiß nicht, warum, aber...

... sich von der ganzen Familie zu distanzieren. Es war, als wäre er...

...

... von einem Tag auf den anderen...

... ein völlig anderer Mensch geworden.

Wer ist der Junge hier?

Wel-cher Junge?

Das ist...

... der Junge, der nach mir in die Villa kam.

Der hier...

... der neben Ihnen zu sehen ist...

Wieso? Was ist mit ihm?

Sein Name ist...

...Sosuke.

Hä?

...

... hat der Kerl... da gerade gesagt?

Was...

Der Junge auf dem Foto ist...

...

Ich bin mir ganz sicher.

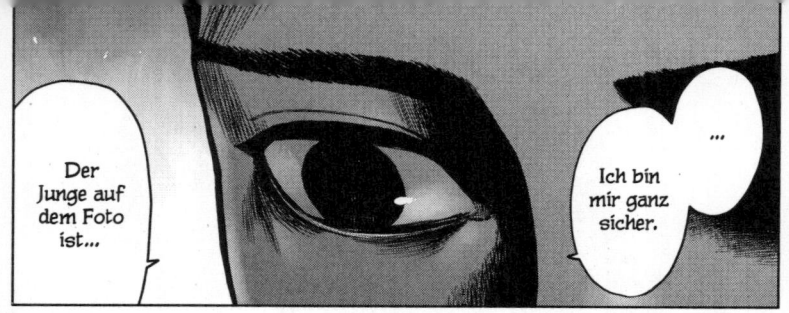

... mein... Halbbruder von einer anderen Mutter.

... Sosuke Takimo-to...

Was hast du denn...

... da zu suchen?

3. Kapitel ● Ende

Freiheitsberaubung und Zurücklassen
von Leichen in der Haikawa-Residenz

Opfer

noch nicht identifizierte Mädchen und Jungen

13 Leichen

Alter: 10 bis 20 Jahre (geschätzt)

4. Kapitel

Verdächtiger

Juzo Haikawa (46)

Aufenthaltsort unbekannt

Die 19 Kinder, die in der Haikawa-Villa lebten

Yuna Azuma (21)
(Noppo)

Takeru Kamishiro (20)

Maya Otishima (17)

Satoru Kawaguchi (17)

Beeilt euch und überprüft, ob die Leichen mit den Kindern auf den Fotos übereinstimmen!

Alter zum Zeitpunkt der Aufnahme (vor 4 Jahren)

Geht auch die Listen der Vermissten und für tot Erklärten der letzten 20 Jahre durch!

Sosuke Takimoto (16)

Kanon Hasumi (16)

Und überprüft, ob es Übereinstimmungen von Namen und Gesichtern gibt!

灰川邸監禁死体遺棄事件

被害者 身元不明の男女の遺体 13名 年齢10〜20歳(推定)

灰川十三郎に住んでいた子供たち(19名)
*年齢は撮影時(4年前)

被疑者

Wir werden eine Menge Leute befragen!

灰川十三 (46)
行方不明

Herr Kawai!!

Was soll das denn heißen?!

Wieso haben Sie mich von dem Fall abgezogen?!

... kann ich dich unmöglich im Ermittlungsteam belassen.

Jetzt, da wir wissen, dass möglicherweise ein Verwandter von dir unter den Opfern ist...

Ich habe keine andere Wahl.

Mein kleiner Bruder wurde vielleicht ermordet...

... und ich soll nur Däumchen drehen und zusehen?!

Das Gegenteil ist richtig!!

Überlass den Fall deinen verlässlichen, erfahrenen Kollegen!

Vor allem mir.

Das ist ein Anweisung von oben, also tu einfach, was man die sagt.

Komm schon, Saeki!

Lass deine Wut nicht an Herrn Kawai aus.

...

BWO

NK

Erschreck
mich nicht so!

Alles
klar.

Aber lassen
Sie mich bitte
sofort wissen,
wenn es etwas
Neues gibt!

Also
gut.

T TAKIMOTO, SOSUKE

TAGUCHI, KIYOKO

TANAKA, JOJI

Geh
ran!

Bitte...

...
Sosuke!

Mist!

ICH KANN MOMENTAN NICHT ANS TELEFON GEHEN...

Tut mir leid.

Herr Kawai... Herr Gomi...

... nichts anderes übrig, als nachzusehen, ob er zu Hause ist.

Dann bleibt mir wohl...

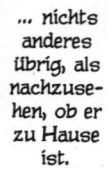

... kann ich nicht einfach still sitzen und nichts tun!

Aber mein Bruder wurde womöglich getötet, also...

PADAM

Okay!

Was
...

...
machen
Sie denn
hier?

Wieso
sitzen Sie
in meinem
Auto?!

Waaah!

Aber... das ist doch nicht nötig!

Danke für vorhin.

Häää?!

Bitte nehmen Sie mich mit!

Sie fahren zu Sosuke, um nachzusehen, ob es ihm gut geht, nicht wahr?

Herr Saeki!

... das wäre gegen die Vorschriften?

Heißt das...

Schließlich sind Sie Gegenstand der Ermittlungen!!

Das kann ich auf keinen Fall!

Natürlich wäre es das!

?!

Ist die Tatsache, dass Sie ohne das Wissen der Zentrale auf eigene Faust ermitteln, nicht auch gegen die Vorschriften?

Glauben Sie, Regeln sind dazu da, befolgt zu werden?

Herr Saeki!

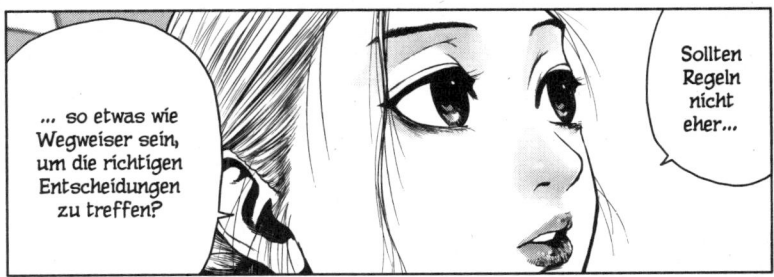

... so etwas wie Wegweiser sein, um die richtigen Entscheidungen zu treffen?

Sollten Regeln nicht eher...

Im Moment wollen Sie doch vor allem wissen, was mit ihrem Bruder ist, nicht wahr, Herr Saeki?

Ich habe jahrelang mit Sosuke zusammengelebt.

Mir geht es genauso.

Er ist für mich ein wichtiger Teil meiner Familie.

... gerade die einzig richtige Entscheidung.

Und diesem Gefühl zu folgen, ist meiner Meinung nach...

KLICK

Haaach, verdammt!

Machen Sie doch, was Sie wollen...

KNIRRS
KNIRRS

... zur Bambus-sprossen-Fraktion?

Dann gehören Sie wohl eher...

Nein...

Möchten Sie einen Schokopilz probieren?

Ich gehöre zu gar keiner Fraktion.

Nö...

Möchten Sie eigentlich, dass ich Sie »Herr Saeki« nenne?

Herr Saeki...

Aber könnten Sie mal kurz still sein?

Oder soll ich Sie lieber mit Vornamen anreden?

Sorry!

Weil ich mich aufs Fahren konzentrieren muss.

Hä?

Wieso denn?

Wenn Sie unsicher sind, kann ich gern übernehmen.

Ich habe einen Führerschein.

Ähm...

...

Und wie
dann?

Unsinn
...

Was
zum Teu-
fel stimmt
mit der
nicht?

Ach...
schon
gut.

Die macht
mich wahn-
sinnig...

So war
das ganz
sicher nicht
gemeint!

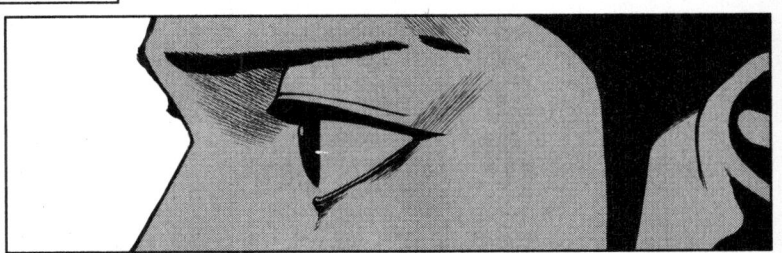

... haben
Sosuke und
ich kaum Zeit
miteinander
verbracht.

Ehrlich
gesagt
...

''''

...

SCREECH

... habe ich ihn jahrelang nicht gesehen.

Ich habe also keine nennenswerten Erinnerungen an ihn.

Und da ich, als er noch klein war, zu Hause ausgezogen bin...

Sorry, dass ich rauche.

Wir sind zwar Brüder, aber von verschiedenen Müttern.

Mir fiel nichts Besseres ein, als zu versuchen, sie mit Gewalt herauszuziehen.

Sosuke hatte eine Libelle gefangen, die sich...

... mit dem Kopf im Netz verhedderte und nicht mehr herauskam.

Aber ich weiß noch, wie wir zusammen am Fluss waren.

Sosuke schnitt jedoch ohne zu zögern das Netz durch und befreite die Libelle.

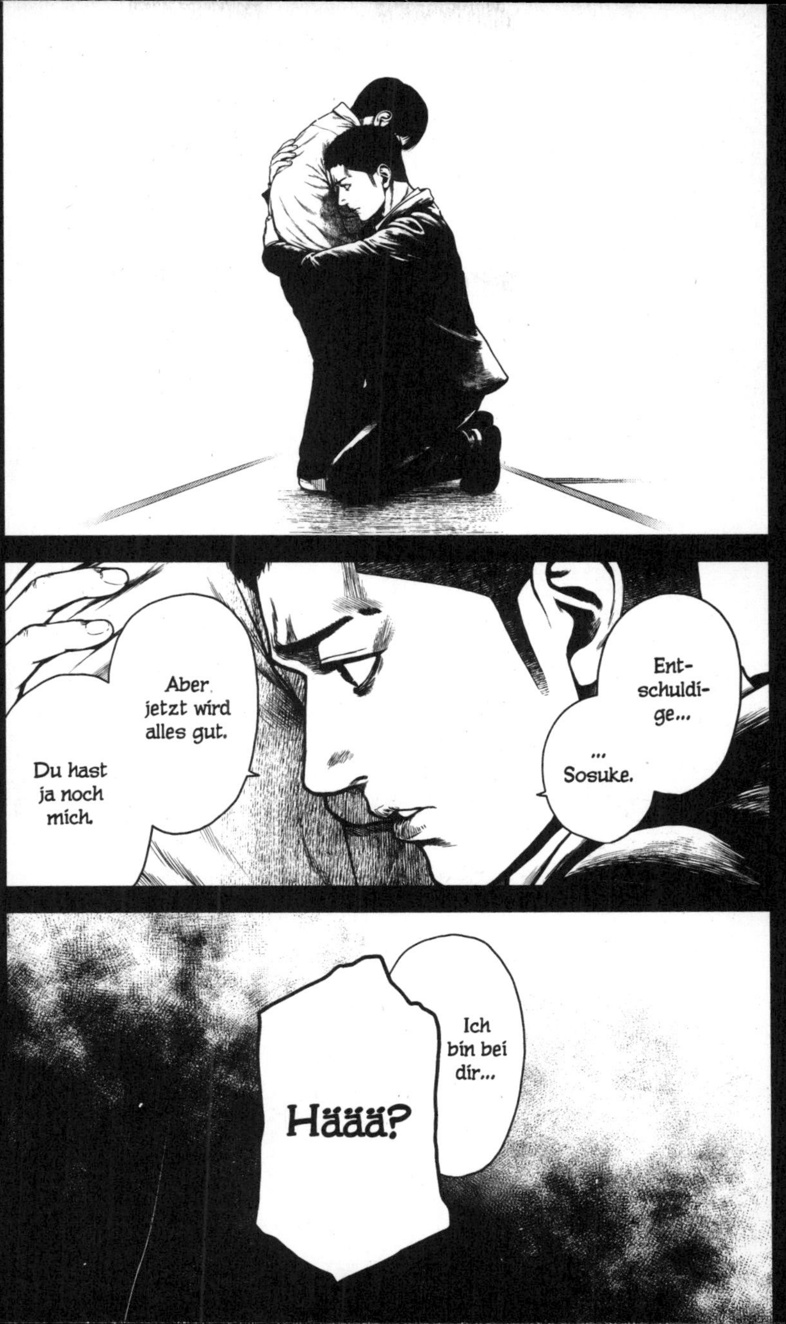

Aber jetzt wird alles gut.

Du hast ja noch mich.

Ent-schuldi-ge...

... Sosuke.

Ich bin bei dir...

Häää?

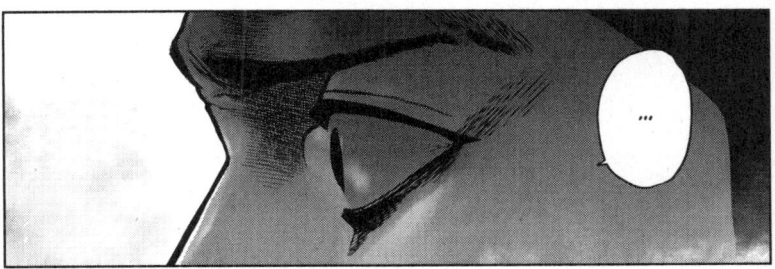

...

Deshalb
...

... muss ich ihm...

Ich habe Sosuke ge- genüber...

... ein wahnsinnig schlechtes Gewissen.

... wenigstens dieses Mal helfen!

Als sein großer Bruder!

Bitte sei wohlauf, Sosuke!

Sosuke lebt.

Da bin ich ganz sicher.

Ich kann es spüren.

Takimoto

205

瀧　本

DING DOOONG

...

Ich bin's, Jin!

Seid ihr da?!

DING DOOONG

DING DOOONG

Sosuke!

Mutter!

KLACK

Bruder?

4. Kapitel — Ende

Gott sei...

GRIP

Sosuke...

5. Kapitel

Bruder! Mann, ist das lange her!

Wie kommt's? Was tust du hier?

Lange nicht gesehen, Sosuke.

Gut siehst du aus.

Wieso kommst du zusammen mit meinem Bruder?

Kanon?

Bist du's, Kanon?

Wow, das ist auch lange her!

?

Ich bin so erleichtert, dass es dir gut geht...

Haaah...

Sosuke ...

Ach, richtig.

Du bist ja damals Polizist geworden!

Das hatte ich total vergessen...

Sorry, tut mir leid...

Danke, Sosuke.

Dass du dir das gemerkt hast...

J...Ja, egal wie viele...

Du nimmst immer... zwei, stimmt's, Kanon?

Ah...

Willst du Eiswürfel ins Getränk, Bruder?

Ich kann immer noch nicht glauben, dass in der Villa so etwas passiert sein soll...

... als ich es in den Nachrichten sah.

Ich war echt schockiert ...

Ah, jetzt verstehe ich...

Du bist also für diesen Fall zuständig, Bruder...

Angesichts der Umstände...

... ist es allerdings wahrscheinlich, dass es sich um Kinder handelt, die in dem Haus lebten.

Nein...

Hat man die getöteten Kinder schon identifiziert?

Nein...

...

Aber wieso...?

Sosuke...

Du hast auch in der Villa gewohnt, oder?

... einfach nicht mehr zu Hause ausgehalten.

Ich hab es damals ...

Mir ging es wie Kanon.

...

Dass ich ihm begegnet bin...

... war meine Rettung.

Also bin ich weggelaufen. Und der Einzige, der mich aufgenommen hat, war Juzo Haikawa...

... also Vater...

Bruder...

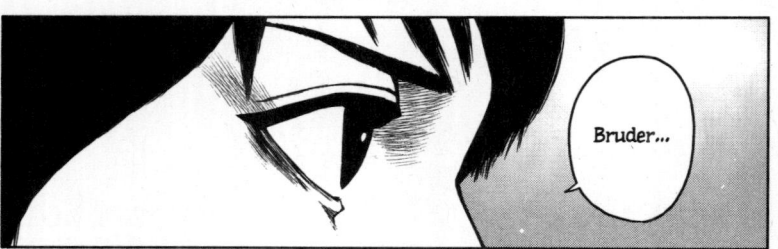

Juzo Haikawa ...

... ist nicht der Täter!

Vater würde so etwas nicht tun...

Nie-mals!!

...

Wenn die Polizei sich demnächst bei dir meldet...

Ach ja...

Nächstes Mal.

Willst du echt schon gehen?

Mutter müsste jeden Moment zurückkommen, dann könntest du ihr wenigstens Hallo sagen.

Wieso denn nicht?

... dann sag nichts von meinem Besuch.

Ich sagte doch, es ist nicht wegen dir.

Nein...

Du wurdest wegen mir von dem Fall abgezogen?!

Hä?

... weil du dir Sorgen um mich gemacht hast?

Also...

... bist du heute hier...

Du bist schließlich mein einziger Bruder...

Natürlich habe ich das!

WU

Verzeih
mir...

... Bruder!!

PP

Damals
habe
ich echt
schlimme
Sachen
zu dir
gesagt...

Erinnerst du
dich noch an
unsere letzte
Begegnung?

Hä?

?

Du kannst
mich mal!!

Nach all der
Zeit spielst
du plötzlich
den großen
Bruder?!

Schließlich hast du dasselbe durchgemacht wie ich, aber ich bin...

... ahnungslos, wie ich war, auf dich losgegangen...

Ich wollte mich die ganze Zeit schon dafür entschuldigen...

Das hatte ich völlig vergessen!

Dummkopf...

Dir wegen so was den Kopf zu zerbrechen.

... ähm...

... dass ich nie nach dir gesehen habe...

Aber mir tut es auch leid...

Huch
...?

Nun
heul
doch
nicht!

Dabei hatten Sie und mein Bruder sich bestimmt auch viel zu erzählen.

... nur mit uns beschäftigt waren...

Entschuldigen Sie, dass wir beide...

Ich konnte mich davon überzeugen, dass es Sosuke gut geht.

Das reicht mir.

Nicht wirklich.

Hä?

Ja

Jetzt kann...

... ich auch erst einmal aufatmen.

160

Wow, wirklich?!

Hey, Sakai! Wir konnten sämtliche Leichen identifizieren.

Y県警富字山南警察署

... zu den neunzehn Kindern, die bei Juzo Haikawa lebten.

Wie erwartet gehörten alle dreizehn Opfer...

... dass die Verbrechen nacheinander über einen Zeitraum von zwei Jahren begangen wurden.

Und die Obduktion hat ergeben...

... die sechs Personen, die überlebt haben.

... kennen wir jetzt natürlich auch...

Umgekehrt...

...
DEIN BRU-
DER SOSUKE
TAKIMOTO...

Kanon!

UND ZWAR
BESAGTE
KANON
HASUMI...

Also...

... haben wir sofort die anderen fünf befragt.

... UND DER ZWEITE SOHN...

... TAKERU KAMISHIRO.

Und das Gruselige ist...

Alle haben die selbe Aussage gemacht.

LETZTERER WURDE...

Alle die selbe ?!

... WEGEN BETRUGS VERURTEILT UND SITZT DERZEIT IN HAFT.

... sondern Sektenmitglieder, die ihren Guru anbeten.

So langsam habe ich den Eindruck, das sind keine Kinder, die ihren Vater lieben...

Ernsthaft...

... daran, dass Juzo Haikawa unser Hauptverdächtiger ist, ändert das gar nichts.

Aber nun ja... Egal was sie sagen...

Die Arbeit ruft.

Also dann.

Haben Sie schon herausgefunden, wo er steckt?

Vielen Dank dafür.

...

Alle einschließlich Sosuke bestehen also auf Haikawas Unschuld... Hm...

Wurden die Kinder wirklich von Juzo Haikawa ermordet?

»... es könnte auch sein...

»... dass der Täter, der sie ermordet hat...«

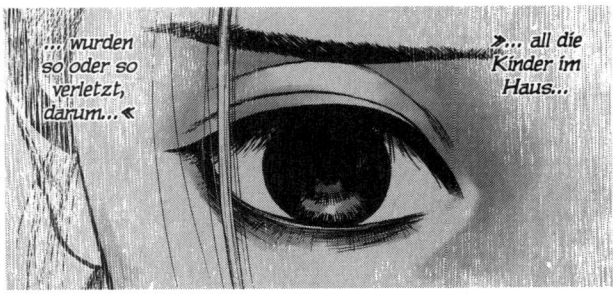

»... all die Kinder im Haus...

... wurden so oder so verletzt, darum...«

Etwas an diesem Fall irritiert mich...

*Oder war
der Täter...*

Huaaah
...

Entschuldigen Sie, Herr Ugaki...

... dass ich während des Dienstes gegähnt habe.

Doch nicht deswegen!

SCREECH

Halt an!

Los, Suzuki ...

Funk die Zentrale an!

Mach schon!

FWONK

!

Juzo
Haikawa
...

... richtig?

Bahnhof 1 an Zentrale! Eilmeldung!

Wir haben den gesuchten Mann soeben...

... in der Nähe des Kawabuchi-Sees entdeckt!!

... auf schwere Freiheitsberaubung und auf das Zurücklassen von Leichen.

Ich verhafte Sie wegen des Verdachts...

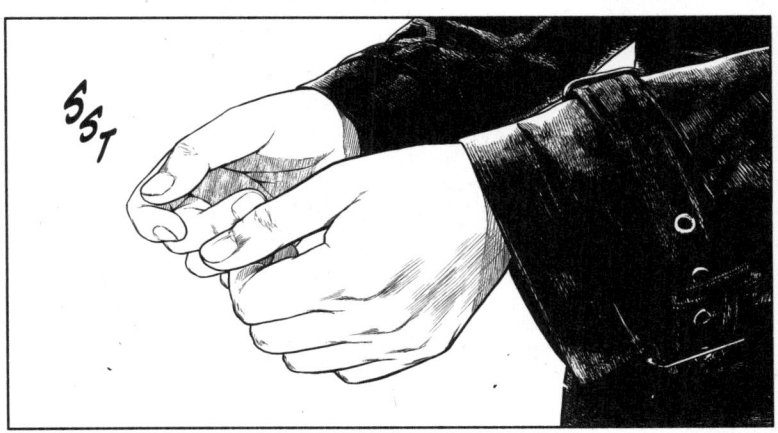

I... Ich wiederhole!

HIER ZENTRALE. WÜRDEN SIE DAS BITTE WIEDERHOLEN?!

...

... und in Gewahrsam genommen!!

5. Kapitel - Ende

A Suffocatingly Lonely Death

ist eine japanische Serie, und in Japan wird von hinten nach vorn umgeblättert und von rechts oben nach links unten gelesen. Wir wünschen spannende Unterhaltung!

Carlsen Manga! News – jeden Monat neu per E-Mail!
www.carlsenmanga.de
www.carlsen.de

CARLSEN MANGA
Deutsche Ausgabe/German Edition
© 2023 Carlsen Verlag GmbH, Völckersstraße 14-20, 22765 Hamburg
Aus dem Japanischen von Claudia Peter • FURITSUMORE KODOKU
NA SHI YO © 2021 by Hajime Inoryu, Shota Ito • All rights reserved.
First published in Japan in 2021 by Kodansha Ltd., Tokyo • Publication
rights for this German edition arranged through Kodansha Ltd.
Redaktion: Philipp Nakata • Produktionsmanagement: Björn Liebchen
Alle deutschen Rechte vorbehalten • ISBN: 978-3-551-79972-2